세상은 아름답다고

세상은 아름답다고

오사다 히로시
박성민 옮김

시와서

제1부

세상은 아름답다고 ... 10
창이 있는 이야기 ... 12
커다란, 작은 것에 대하여 ... 14
꽃들과 이야기하는 법 ... 16
듣다라는 하나의 동사 ... 18
멈춰 서다 ... 20
듣는다는 것 ... 21
나무, 햇빛, 동물들 ... 22
풀이 이야기한 것 ... 24
가만히 서 있다 ... 26
봄이 시작되는 날 ...28
초록의 아이 ... 30
지구라는 별 위에서 ... 32
For The Good Times ... 34
해질녘이 아름다운 계절 ... 36
기적–미라클 ... 38
행복의 감각 ... 40
the most precious thing ... 42

제2부

세상의 첫 번째 하루 ... 46
처음에 …… ... 48
조용한 하루 ... 49
한 장의 프리드리히 그림 ... 50
사람의 하루에 필요한 것 ... 52
크로커스의 계절 ... 54
겨울밤의 쪽빛 하늘 ... 56
인생의 재료 ... 58
사랑한다 ... 60
잘못 ... 62
말 ... 64
영혼은 ... 66
아기는 미소 짓는다 ... 68
이 세상의 잘못 ... 70
아무도 몰랐다 – 7 ... 72
아무도 몰랐다 – 8 ... 74
오후의 투명함에 대하여 ... 76

제3부

책상 앞의 시간 ... 80
없어서는 안 되는 것 ... 82
미소뿐 ... 84
다들, 어디로 갔을까 ... 86
이런 사람이 있었다 ... 88
눈의 계절이 다가오면 ... 90
이런 고요한 밤 ... 92
언젠가, 저편에서 ... 94
세 마리의 죽은 고양이 ... 96
영혼이라는 게 있다면 ... 98
상자 속의 소중한 것 ... 100
노인과 고양이와 책을 위해서 ... 102
모든 것을 잊어 간다 ... 105
밤의 숲길 ... 108
바닷가에서 ... 110
자유에 필요한 것은 ... 112
하늘색의 거리를 걷는다 ... 114
하늘 아래 ... 116

제4부

세상은 한 권의 책 ... 120
겨울의 금목서 ... 123
하늘과 땅 사이에 ... 124
어메이징 트리 ... 126
비밀의 나무 ... 128
그리운 사자(死者)의 나무 ... 130
편지의 나무 ... 132
그루터기 나무 ... 134
조용한 나무 ... 136
겨울날, 나무 아래서 ... 138
나무의 전기 ... 140
숲속에서 ... 142
숲을 나와서, 어디로 ... 144
가모 강의 아오이 다리 위에서 ... 146
괜찮아, 하고 스피노자는 말한다 ... 148
나(우리)에게 소중한 것 ... 150
시가 뭐라고 생각해? ... 154
인생의 특별한 사람에게 ... 157

역자 후기 ... 161

그것은 바람의 소리 같기도 하고, 하늘의 소리 같기도 하고, 길들의 소리 같기도 하고, 꽃들과 나무들의 소리 같기도 하고, 오솔길 안쪽의 소리 같기도 하고, 아침의 소리나 밤의 소리 같기도 하고, 먼 기억 속 누군가의 소리 같기도 했다.

그런 침묵의 소리에 귀를 기울이는 것이 일상의 일처럼 되면서, 말을 하지 않는 것들의 목소리를 말로 적어두는 것이, 어느새 나에게 시를 쓰는 것과 다름없는 일이 되었다는 걸 깨달았다.

제1부

아름다운 것의 이야기를 하자

세상은 아름답다고

아름다운 것의 이야기를 하자.
언제부터였을까. 문득 생각해보니,
아름답다는 말을, 망설임 없이
말하는 것을, 아무도 하지 않게 되었다.
그 뒤로 우리의 대화는 가난해졌다.
아름다운 것을 아름답다고 말하자.
바람의 냄새가 아름답다고. 계곡의
돌을 따라 흐르는 물결이 아름답다고.
오후의 풀 위로 떨어진, 구름의 그림자가 아름답다고.
멀리 나지막한 산들의 고요함이 아름답다고.
반짝이는 강가의 빛이 아름답다고.
큰 나무가 있는 마을길이 아름답나고.
오고 가는 무심한 인사말이 아름답다고.
꽃들이 있기에 깊이가 있는 골목길이 아름답다고.
비 오는 날, 집집마다 지붕의 색이 아름답다고.

굵은 가지를 하늘 가득 펼친,
늦가을 고찰(古刹)의 큰 은행나무가 아름답다고.
겨울이 오기 전, 어느 흐린 날,
남천나무의 작고 붉은 열매가 아름답다고.
좀작살나무 열매의 보라색이 아름답다고.
지나가는 계절이 아름답다고.
담박하게 늙어가는 이의 모습이 아름답다고.
도대체, 뉴스라고 불리는 하루하루의 파편이,
우리의 역사라고 말할 수 있는 걸까.
산뜻한 하루하루야말로, 우리의 가치다.
아름다운 것을 아름답다고 말하자.
아기 고양이와 노는 한때가 아름답다고.
종려나무 가지를 태워, 재로 만들어 뿌린다.
무엇 하나 영원한 것은 없고, 언젠가는
모든 것이 티끌로 돌아가기에, 세상은 아름답다고.

창이 있는 이야기

창 이야기를 하자.
하루는, 창에서 시작된다.
창에는, 그 날의 표정이 있다.
맑은 날에는, 창은
햇살을 가득 머금고,
반짝반짝 미소를 짓고 있는 것 같다.
흐린 날에는, 해가 저물 때까지,
창은 고개를 숙인 채, 한마디도 하지 않는다.
비가 계속 내리는 날에는, 창은
빗방울을, 눈물방울처럼 흘린다.
말을 믿을 수 없는 날에는,
창을 연다. 그리고
밖을 향해, 조용히 숨을 고르고,
나이 수만큼, 심호흡을 한다.
천천히, 마법을 걸듯이.

그리고, 눈을 감는다.
열둘까지 세고, 눈을 뜬다. 그러면
모든 것이, 생생하게 변해 있다.
눈앞에 있는 것들이, 아주 신선하다.
마치 처음 보는 것처럼,
가까이 있는 것들을, 찬찬히 바라본다.
로벨리아 화분과,
웅크리고 잠이 든, 늙은 고양이.
진하게 볶은 커피의 좋은 향이 난다.
자손을 위해 좋은 밭을 사지 마라.
생활에 영예는 필요 없다.
하늘이 보이는 창이 있으면 된다.
그 창을 활짝 열고서, 그리고
한결같이, 마음을 비울 수만 있다면,
그걸로 좋은 것이다.

커다란, 작은 것에 대하여

그 무엇과도 바꾸기 어려운 것의 이야기를 하자.
그것은, 예를 들면, 서랍 깊숙이 있는,
백 년 전의 나무로 만든, 한 자루 연필 같은 것이다.
오래된 나무 약상자 안에 들어 있는,
영혼에 효험이 있다든가 하는, 쓴 가루약 같은 것이다.
혹은, 옷장 안에 있는,
남모르는, 그리운 시간 같은 것이다.
빼곡한 CD 선반 속에 숨어 있는,
천 개의 선율, 천 개의 비애, 천 개의 추억 같은 것이다.
마르티누의 〈이중 협주곡〉이나,
메시앙의 〈새의 카탈로그〉 같은.
그리고, 말이다. 그것도,
아무리 해도 말이 되지 못하는 말이다.
그리고, 아무리 생각해내려고 해도 생각나지 않는,
그렇지만, 다시 한번 확인하고 싶은 말이다.

그 무엇과도 바꾸기 어려운 것은, 행복 같은 것이다.
세상은 언제나, 어딘가에서,
터무니없는 전쟁을 하고 있다.
행복은, 터무니없는 것이 아니다.
아무리 불완전하다고 해도,
인간의 감수성에게 커다란 것은,
바로 눈앞에 있는 작은 것, 작은 존재라고 생각한다.
행복은, 창문 밖에도 있다. 나무 밑에도 있다.
작은 뜰에도 있다. 제라늄.
펜타스. 유리옵스 데이지.
임파첸스. 플록스 드러몬디.
눈앞에 흐드러지게 핀, 산뜻한
꽃들의 이름을, 얼마나 알고 있을까.
무엇을 알고 있을까. 아무런 속셈 없이,
하루하루를 아름답게 하는 것들에 대해.

꽃들과 이야기하는 법

뭉게뭉게 흰 구름이 퍼지는
한여름, 한낮의 고요함 속에서,
밝은 영혼처럼, 아지랑이가 하늘거리고 있다.
그때, 접시꽃이 말을 걸어왔다.
그것을 시작으로, 다음날에는,
디기탈리스가 말을 걸어왔다.
그다음 날에는 무궁화가. 그 다음다음 날에는
태산목이, 백일홍이, 말을 걸어왔다.
소녀들 같은 일일초도.
또 그다음 날에는, 샐비어가,
협죽도가, 글라디올러스가 말을 걸어왔다.
찌는 듯한 더위에, 그때마다 멈춰 서서,
여름꽃들 앞에서, 말없이 바라보았다.
본다. 단지 그뿐이다.
꽃을 보는 것은, 꽃들과 이야기하는 것이었다.

그렇게, 꽃들과 이야기하는 법을,
해마다, 여름꽃들에게,
나는 배웠다.
헛되이 말로 얘기해서는 안 된다.
꽃들처럼, 자기 자신의
본연의 모습으로 이야기하는 것이다.
여름이 돌아올 때마다,
한낮의 고요함 속을 거닐면서,
말을 걸어오는 여름꽃들을 찾는다.
접시꽃. 디기탈리스. 무궁화.
태산목. 백일홍. 일일초.
샐비어. 협죽도. 글라디올러스.
꽃들이 아닐까?
사람이 아니다. 우리가
역사라고 불러왔던 풍경의 주인공은.

듣다라는 하나의 동사

어느 날, 이른 봄, 비 내리는 저편에,
새하얗게 흐드러진
목련꽃들을 보았다.
그리고, 이른 봄, 비 내리는 저편에,
새하얗게 흐드러진
목련꽃들의 소리를 들었다.
보는 것은, 듣는 것이다.
목련꽃의 계절이 오면,
바다를 보러 가고 싶다.
아무것도 없는 바닷가에서,
아무것도 하지 않는 시간을 붙잡고,
멀리서 달려오는 파도를 바라본다.
그리고, 아무것도 없는 바닷가에서,
아무것도 하지 않는 시간을 붙잡고,
파도의 빛이 몰고 오는 바다의 소리를 듣는다.

바라보는 것은, 듣는 것이다.
듣다라는 하나의 동사가,
어쩌면, 사람의
인생의 전부가 아닐까?
나무 집에 사는 것은, 듣는 것이다.
창문을 여는 것은, 듣는 것이다.
거리를 걷는 것은, 듣는 것이다.
생각하는 것은, 듣는 것이다.
듣는 것은, 사랑하는 것이다.
밤에, 옛날이야기 책을 읽는다.
—— 제 생각에는, 신과
　　자연은 하나입니다.
읽는다는 것은, 책에 남겨진
침묵을 듣는 것이다.
함부로 하는 말은, 사람을 행복하게 하지 않는다.

멈춰 서다

멈춰 선다.
걸음을 멈추면,
들려오는 목소리가 있다.
하늘의 색을 닮은 목소리가 있다.

“나무의 말, 물의 말,
구름의 말이 들리나요?”
“돌멩이의 말, 비의 말,
풀의 말을 할 수 있나요?”

멈춰 서지 않으면,
갈 수 없는 곳이 있다.
아무것도 없는 곳에서만
발견할 수 있는 것이 있다.

듣는다는 것

땅이 하는 말. 흙이 하는 말.
펼쳐진 하늘이 하는 말. 돌이 하는 말.
저 멀리 언덕이 하는 말. 새털구름이 하는 말.

별이 하는 말. 늙은 나무껍질이 하는 말.
메뚜기가 하는 말. 석남꽃이 하는 말.
낮에는 강이, 밤에는 큰곰자리가 하는 말.

귀를 기울이는 것이다. 중요한 건,
보는 것이 아니라, 듣는 것이라고 생각한다.
누구를 위한 것도 아니고, 누구의 것도 아닌 말.

눈으로 듣는다. 그리고, 귀로 본다.
결코 말을 하지 않는 것들이 하는 말.
어디에도 없는 상처 자국에서 흘러나오는 말.

나무, 햇빛, 동물들

나무가 말했다. 너희들은
뿌리가 없어. 잎을 무성하게 하지도 않아.
그러면서, 다 가지려고 해.

햇빛이 말했다. 너희들은
있는 그대로를, 있는 그대로 즐기지 않아.
그러면서, 다 바꾸려고 해.

동물들이 말했다. 너희들은
너희들의 말밖에는 아무것도 생각하지 않아.
그러면서, 다 안다고 생각해.

나무는, 사실, 말없이 서 있었다.
햇빛은, 말없이 빛나고 있었다.
동물들은, 말없이 모습을 감춘다.

어느 곳도 아니었다. 여기가,
우리의 보금자리였다.
하늘 아래. 빛나는 물. 땅 위.

풀이 이야기한 것

하늘의 푸름이 깊어졌다.
나무숲의 초록 그림자가 짙어졌다.
햇살이 온통 퍼지고,
공기가 한결 투명해졌다.
끝도 없이 계절을 채우고 있는 건,
풀의 색, 풀의 반짝임이다.
바람이 달려왔다가 달려갔다.
시간은 소리도 없이 지나갔다.
해의 색이, 노랑으로, 황록으로,
귤색으로, 금색으로 변해갔다.
사람이 하루라고 부르는 것은,
그저 그걸로 끝인 시간이다.
그저 그걸로 끝인 하루를
언제부터, 사람은, 바쁘게
보낼 수밖에 없게 된 것일까?

민들레가 속삭였다. 사람은,
아무것도 하지 않고는 있을 수가 없어.
미나리아재비가 슬퍼했다. 사람은,
아무것도 부수지 않고는 있을 수가 없어.
풀은 거짓말을 하지 않는다. 아름다움이란,
사람만이 그곳에 없는 풍경이다.
광대나물이 중얼거렸다. 사람은 아직도,
이 세상을 찬미하는 법을 몰라.

가만히 서 있다

기도하는 것. 사람밖에
할 수 없는 것. 기도하는 것은,
묻는 것. 스스로 깊이 묻는 것.
묻는 것은, 말을
움켜쥐는 것. 그리고,
하늘을, 하늘이라는 것을 향해,
재앙에서 멀리 떨어진 채,
무한의 한가운데에,
가만히 서 있는 것.
커다란 숲의, 한 그루 나무처럼.
혹은, 우뚝 선 탑처럼.
그렇지 않으면, 하늘을 가리키는,
보살상의 집게손가락처럼.
아침 하늘의,
한없이 투명한,

연푸르게 펼쳐진 저 멀리까지,
어렴풋이 희미하게,
피가 새하얀 거즈에,
스미며 번지듯이,
태양의 붉은 빛이 스며간다.
하루가 시작된다.
여기 가만히 서 있는 우리를,
세상이 사랑해주듯이.

봄이 시작되는 날

잿빛의 하늘을 붙잡듯,
잿빛의 큰 느티나무가,
이파리 없는 가지들을, 투망처럼
한껏 펼치고 있던 겨울이,
그날, 갑자기, 끝이 났다.
그리고, 하늘 가득,
희미한 초록의 공기가, 느티나무 가지마다
자수처럼 얼기설기 퍼져 있었다.
나무 아래서, 무심코 멈춰 서
올려다보니, 부드러운
봄기운이, 한꺼번에,
밝은 비처럼
내려왔다.
환상의 사람은, 그곳에 있었다.
말없이, 봄의 하늘을 올려다보고 있었다.

그대로, 내내 서 있었다.

시간은,

천천히,

지나갔다.

행복이 뭐라고 생각하니?

어느 해든, 봄이 시작되는 날이다,

내 곁에, 환상의 사람이 있다고 느끼는 것은.

내가 혼자가 아니라고 느끼는 것은.

초록의 아이

올해도, 초록이 짙어졌다.
올려다보니,
푸른 하늘을 배경으로,
높다란 나무들의 가지가,
우뚝 솟은 초록 탑 같다.
바람이 불쑥 날아들고,
무수한 잎의 그림자가 내려왔다.
공기가 바삭바삭해지고,
무성한 잎의 냄새가 짙어졌다.
우듬지 끝에서는, 새들이,
직박구리이겠지, 늘 조급하다는 듯
새된 소리로 울어대고 있다.
펼쳐진 강어귀 위로,
옅은 하늘빛이 눈부시다.
개펄로 이어지는 습지의 갈대밭에서

울부짖고 있는 건, 아마 개개비일 테다.
물먹은 개펄에서, 진흙을 열심히
부리로 쪼고 있는 저건, 꼬마물떼새다.
인간의 것이 아닌 세상에 죽음이란 없다.
죽음은 오로지 재생이기 때문이다.
새로운 계절의 무성한 잎들 아래에
오래오래 서 있으면,
나도 초록의 아이가, 될 수 있을지도 모른다.

지구라는 별 위에서

아침의, 빛.
창밖의, 고요함.
안녕. 하루에 맨 처음 하는 말.
천천히 천천히, 잠이 깨는 것.
뜨거운 한 잔의, 카푸치노.
부드러운 오전의, 햇살.
저 멀리 지나가는 계절의, 기미.
꽃에, 물.
자고 있는, 고양이.
정오의 아주 짧은, 그림자.
창의 커튼을 살랑대는, 미풍.
'나'의 의자. '나'의 책상.
잊어버린 가치를 떠올리게 하는, 책.
용과 괴수들의, 그림책.
목신의 오후의, 음악.

나무 위에 앉은 새의 새된, 소리.

높고 푸른, 하늘.

저무는 해의, 화살.

모든 것이 저물어갈 때까지의, 한순간.

밤을 위한 작은, 빛.

달 아래 희미한, 어둠.

산다는 것은 행복한 하루를 추구하는 거라고

'나'는 생각한다. '당신'은?

For The Good Times

그러고 나서, 해가 저물겠지.
하늘은 어두워지고, 길을 걷는 사람의
그림자는 짙어지겠지. 과일 가게
앞에 놓인 과일들은 더 반짝이겠지.
과일처럼
반질반질 윤이 나는 시간을,
하찮은 일에는 쓰지 마라.
자신을 너무 매만지지는 마라.
좋은 소주처럼 마음은
깨끗하고 투명한 게 좋다.
크고 튼튼한 식탁을 좋아한다.
좋은 식탁 위에는,
좋은 시간이 놓여 있다.
맛있는 식사란,
맛있는 시간이다.

식탁을 함께한다는 것은,
시간을 함께한다는 것이다.
가장 큰 하늘의 이야기를 하자.
어느 곳에선가, 이 커다란 하늘은, 땅에 닿는다.
그곳의 이름은 '끝'이라고 한다.
아프리카 사막 민족의 전설이다.
'끝'은 우리들
세상의 하루가, 내일 시작되는 곳.

해질녘이 아름다운 계절

흙 냄새, 풀 냄새,
물 냄새가, 스윽 흘러들어왔다.
그러자, 활짝 열린
기차의 차창으로
상반신을 내민 소녀가,
팔을 힘껏, 좌우로 흔들어,
귤을, 대여섯 개쯤,
저물 듯 저물지 않는 하늘로, 던져 올렸다.
노을빛으로 물든 채 펼쳐지는 풍경과,
하늘에 흩날리는, 몇 개의 귤의,
따스한 햇빛에 물든
선명한 색. ——
귤은, 하늘에서 흩날리다가,
눈 깜짝할 사이에, 뒤로 날아가버렸다.
일어난 일은 단지 그뿐이다.

그런데, 신기하게도 명랑한 기분이,
가슴 벅차게, 솟구쳐 오른 것이다.
그렇게 글을 쓴 사람은, 그때
그 기차에 타고 있던 아쿠타가와 류노스케였다.
그러고 나서, 피로와 권태와, 애처로울 만큼
불가해하고, 하등하며, 지루한 인생을,
조금이나마 잊을 수 있었다, 라고.
해질녘이 아름다운 계절이 돌아오면,
아쿠타가와 류노스케의 해질녘의 말을 떠올린다.
내내, 하늘을 올려다보고 싶어진다.
언제까지나, 해가 질 때까지.
거의 백 년 전, 기차의 차창에서,
누군지도 모르는 소녀가 던져 올린
선명한 색의 귤이, 후두두둑,
희망처럼, 마음 위로 떨어져 내릴 때까지.

기적 — 미러클

정원의 작은 백매화 봉오리가
천천히, 조용히 부풀어 오르면,
햇빛은 봄의 그림자를 품기 시작한다.
겨울 동안 내내,
진초록의 잎 사이로 선명하게
송알송알 피어오른
새하얀 동백이었건만,
느닷없이, 온종일, 세찬 바람이
동백 꽃잎을 전부 다
깨끗이 흩날려버렸다.
이튿날 아침, 이번에는,
붉은 명자꽃들이 띄엄띄엄
가느다란 가지 끝까지
흩뿌린 듯 번져 있었다.
아침에 일어나 하늘을 올려다보니,
하늘이 천상의 호수처럼 느껴지는,

연푸르게 맑은 아침이 와 있다면,
이제 머지않아 춘분이다.
정든 사자(死者)들이
발소리도 내지 않고 돌아온다.
커다란 백목련 꽃잎이,
머리 위의, 끝없이 푸른 하늘을 향해,
꼬옥 쥔 주먹을 톡 펴듯이
한꺼번에 피어 있다.
그저 여기에 있다는 것만으로,
자신의 모든 것을, 해하지 않고,
자랑하지도 않고, 스스로
멋지게 살아갈 수 있다는,
이루 말할 수 없는, 꽃나무들의 기적.
너는 먼저 풍경을 사랑하라.
모든 것은 그것부터다.

행복의 감각

먹다가, 아, 하고 생각한다.
그 아주 작은,
희미한 설렘.
혹은 깨달음.
순식간에 마음속에 떨어져,
나뭇잎 사이로 비치는 햇살처럼 아른거리는
어떤 것. 어린 요정들의
날갯짓 소리 같은,
한없이 투명한 밝음.
식사 테이블에는,
다른 어디에도 없는,
어떤 특별한 순간이 놓여 있다.
그곳에 있는 것, 눈에 보이는 것,
그뿐만 아니라, 그곳에 없는 것,
눈에 보이지 않는 것이,
식탁 위에는 놓여 있다.
마음속 어딘가,

깊은 곳에 늘 남아 있는,
자신의 인생이라는 시간의
냄새와 색깔과 모양,
어느 시간, 어느 장소의
선명한 기억. ――
식사 시간은 탐스러운 것이다.
행복이란 뭘까?
예를 들면, 잘게 다진
쪽파의, 향긋하고 톡 쏘는
식감이, 뒤에 남기고 가는 것이,
행복의 감각이라고, 나는 생각한다.
사람의 하루를 지탱하는 건,
조금도 거창한 것이 아니다.
훨씬 더 소소한 것.
할머니는 자주 말하곤 했다.
뭐든 함부로 해서는 안 된단다.

the most precious thing

바다 위에 떠 있는 배의,
높다란 돛대 맨 꼭대기에,
시계를 든 천사가 있고,
천사의 시계에서는, 시시각각,
물방울이 바다에 똑똑 떨어지고 있다.
천사가 큰 소리로 외치고 있다.
또 일 분이 흘러갔노라.
중세의 종교화에서 보았던가,
아니면 책에서 읽었던가,
그 천사의 외치는 소리에,
지금은, 매일 아침, 눈을 뜬다.
홍차를 우려낸다. 홍차의 향이
환한 부엌에 사르륵 퍼진다.
무스카리, 스토크, 시네라리아,
계절을 거스르지 않고 살아가는 꽃들에게,

물을 준다. 습관이,
나의 조국이다.
사상은 소리 높여 외치는 말 속에는 없다.
행동하느냐, 아니면 숨느냐, 바로 여기에만 있다.
가장 귀중한 것을
생각한다. 〈행복한 왕자〉라는,
누구나 알고 있지만,
어른이 되면 아무도 읽지 않는,
얼어붙은 겨울 동화 속에
오스카 와일드가 남긴 말.
the most precious thing
쓰레기 더미에 버려진 가장 귀중한 것.
혼자, 눈을 감고, 생각에 잠긴다.
어느 시대에도 쓸모없는 것으로 남겨져 온,
이 세상의 가장 귀중한 것에 대해.

하루하루 흔하디흔한, 오히려 소소한 풍경 속에, 나(우리)에게 무엇과도 바꿀 수 없는 인생의 본질이 숨어 있다. 바로 그것, 말을 하지 않는 그것들의 목소리가, 내게 가르쳐준 '기적'의 정의다.

예를 들면, 작은 미소는 '기적'이다. 작은 미소를 잃으면, 세상은 따뜻함을 잃기 때문이다.

세상이라는 것은 아마도 그런 방식으로 언제나 한 사람 한 사람에게 존재해왔고, 존재하고 있으며, 또 존재할 것이라고 생각한다.

제2부

말이 될 수 없는 감정은, 가만히 안고 간다

세상의 첫 번째 하루

물이 있었다.
커다란 물 위에,
하늘의 펼쳐짐이 있었다.
하늘 아래, 물 위에서,
햇빛이 웃고 있었다.
아이들 같은
웃음소리가, 잔물결처럼
반짝이며,
물 위를 건너간다.
멀어져가는 웃음소리를,
바람이 좇아갔다.
나무가 있었다.
나무 밑에는 그늘이,
그늘 안에는 고요함이 있었다.
(세상이 만들어졌다)

첫날의 광경은,
분명 그런 모습이었다.
사람 하나 없는 풍경은,
숨이 멎을 듯이 아름답다.
어째서, 우리는
시끄럽게밖에 살 수 없는 걸까?
세상의 아름다움은,
어쩌면 비애로 이루어져 있다.

처음에 ……

별이 있었다. 빛이 있었다.
하늘이 있고, 깊은 어둠이 있었다.
끝이 없는 것이 있었다.
물, 그리고 바위가 있고,
보이지 않는 것, 대기가 있었다.

구름 밑에, 초록색 나무가 있었다.
나무 밑에, 숨 쉬는 것들이 있었다.
숨을 쉬는 것은, 마음을 가지고,
살아 있는 것은, 죽음을 알았다.
한 방울의 눈물에서, 말이 자라났다.

그렇게 해서, 우리들의 이야기가 자라났다.
흙과 함께. 미생물과 함께.
인간이란 무엇일까, 라는 물음과 함께.
침묵이 있었다.
우주의 한구석에.

조용한 하루

눈은 보는 것을 즐긴다.
귀는 듣는 것을 즐긴다.
마음은 느끼는 것을 즐긴다.
어떤 형용사도 없이.

어떤 비유도 필요 없다.
그려지지 않은 색을 보는 것이다.
들리지 않는 음악을 듣는 것이다.
말이 되지 못한 말을 읽는 것이다.

즐긴다는 것은, 침묵에 귀를 기울이는 것이다.
나무들 위의 햇빛.
새의 그림자.
꽃을 둘러싼 한낮의 고요함.

한 장의 프리드리히 그림

한 여자가 창가에서 밖을 보고 있다.
뒷모습밖에 알 수 없지만,
여자는, 창가에 서서,
아주 먼 곳을, 가만히 바라보고 있다.
창 너머로 펼쳐진 것은, 커다란 강이다.
바로 그곳에, 닻을 내린
범선의 쭉 뻗은 돛대가 보인다.
강 건너 기슭에는,
키 큰 포플러나무들이 한 줄로 서서,
노란 잎사귀를 살랑살랑 흔들고 있다.
햇살이 너무나 부드러워,
수면을 지나가는 바람이 보이는 것만 같다.
활짝 열린, 머리 위의 창문 앞으로는,
흰 구름이 흘러가는, 파랗게 희부연 하늘이다.
높아질수록 맑아지는 하늘이다.

파스칼의, 잊을 수 없는 말이 생각난다.
인간의 불행이라는 것은 —— 방 안에서
가만히 조용하게 있지 못한다는,
단지 그것 하나 때문에 생기는 것이라고.
한 여자가 창가에서 밖을 보고 있다.
무엇을 보고 있는 걸까?
먼 곳을 바라보는 눈으로, 여자는
자신의 마음속을 바라보고 있다.
잘 살고 싶으면 —— 파스칼은 이렇게도 말했다.
아주 맑은 눈을 가질 수 있어야 한다, 라고.
낡은 복제 그림 한 장을, 방 한쪽 벽에 붙여놓고는,
세상의 아주 먼 곳이 보고 싶어지면
그 작은 그림을 가만히 바라본다.
카스파 다비드 프리드리히의
《창가의 여자》(1822년)를.

사람의 하루에 필요한 것

아무리 해도 생각이 안 난다.
확실히 알고 있고, 또렷이
느껴지는데, 생각이 안 난다.
생각이 나지 않는 것은, 아무리 해도
말로 할 수가 없기 때문이다.
세세한 부분까지 기억하고 있다.
감촉까지도 되살아난다.
말로 할 수 없다고,
없는 것은 아니다.
그것은 거기에 있다.
분명히 알고 있다.
하지만, 그것이 무엇인지
그곳이 어디인지 말로 할 수가 없다.
말로 할 수 없는 많은 것들로
이루어진 것이, 사람의

인생이라는 작은 시간이라고 생각한다.
생각이 나지 않는 공백을
메우고 있는 건,
예를 들면
조용한 여름날의 오후,
햇살 속에 떨어지는
황금빛 먼지처럼 아름다운 것.
소리 없는 음악처럼,
손으로 잡을 수 없는 것.
하지만, 선명하게 감각되는 것.
혹은, 투명한 밤하늘의
안타레스처럼, 분명한 것.
사람의 하루에 필요한 것은,
의의이지
의미가 아니다.

크로커스의 계절

떠나가는 겨울의 뒷모습이
멀리 보이는 것 같은,
구름 한 점 없는 하늘이다.
시간이, 희미하게
연푸른색으로 번지고 있다.
빨간 머플러를
목에 두른 여자아이가,
아직 발이 바닥에 닿지 않는,
카페의 높은 의자에 앉아,
콘 아이스크림을 핥고 있다.
꽃집이 길가에 화분을 내놓고 있다.
크로커스의 계절이 찾아온 것이다.
꽃의 색이 아주 청결한 것은,
아직 바람이 차기 때문이다.
돌풍이 불어와, 거친 소년처럼,

슈퍼마켓 주차장의
자전거란 자전거는, 다 단번에 쓰러뜨렸다.
어떤 사건이든, 모든 것은 갑자기 일어난다.
쓴 에스프레소를,
나는 천천히 홀짝인다.
길 건너편에 남아 있는
오래된 절 본당의,
고요한 기와지붕이 아름답다.
경내에는, 큰 은행나무가, 네 그루 남아 있다.
백 년 된 나무의, 어린 가지 끝에,
부드러운 연기처럼,
봄의 예감이 흔들리고 있다.
아무리 회한으로 가득하다 해도
사람이 젊어지는 인생은,
이른 봄의 온화한 하루에도 못 미치는 것이다.

겨울밤의 쪽빛 하늘

밤하늘이 끝없이 펼쳐져 있었다.
바람이 깡그리 쓸어낸 것 같이,
놀랄 만큼 깨끗한 겨울 하늘이다.
멈춰 서서 올려다보니,
멀리까지, 밝은 어둠이
수면처럼 맑디맑고,
달빛은 휘영청
아름다운 침묵처럼,
밤거리로 이어지는
집들의 지붕을 반짝이게 하고,
그대로 거기에
가만히 서 있으면,
하늘을 올려다보고 있는데도
하늘을 들여다보고 있는 듯한
감각에 젖어든다. 이토록

크고, 이토록 맑게 갠,
구름 한 점 없는, 쪽빛 밤하늘.
하늘 가득한 공허가,
마치 고요한 충만함 같다.
하늘이 맨 처음 이 세상에 만든 건,
어둠과 밤이다. 그 둘이 맺어져,
낮이 태어났다. 우리는 누구일까.
달 아래의 존재다. 그것이
우리의 유일한 아이덴티티다.
오렌지색의 알데바란이,
오리온자리의 베텔게우스가,
시리우스가, 깜빡이며 말한다. ——
밝음에, 사람은 쉽게 눈을 가리지.
밤의 어둠을 바라볼 수 있으려면,
밝음의 밖에 몸을 둬야 해.

인생의 재료

무엇보다 여린 몸, 그리고
어디에 있는지는 모르지만
자신 안에 있는 영혼
감정은 믿을 수 없지만
감각은 배신하지 않는다고 생각한다
태어난 땅을 떠났지만
사투리가 남아 있는 말
돌에 새겨 넣듯이
단순함을 향해 쓰는 말
생각한다는 건, 지혜의
슬픔을 아는 것이다
백 년의 나이를 먹은 나무 위의 하늘
전부 다 눈에 보이지 않는 것
밝은 고독이 아닌 자유는 없다
나무집, 늙은 고양이

차가운 물, 따뜻한 음식
음악, 계속 찾아보는 사전
잊고 싶지 않은 천 권의 책
친구가 죽고 나서 기르기 시작한 수염

한 사람의 나는 무엇으로 이루어져 있을까?

사랑한다

동사로라면 말할 수 있다.
사랑한다고 말할 수 있다.
잘 표현할 수 없는 것을,
동사는 표현할 수 있다.
작은 것을 사랑한다. 초록인 것,
꽃을 피우는 것을 사랑한다. 가지 끝에 비치는
오전의 빛을 사랑한다. 오래된 나무의자를
사랑한다. 말해야 할 것이 있지만
끝내 아무것도 말하려고 하지 않는 것을 사랑한다.
사랑한다고, 동사로 말할 수 있는 것을,
하지만 명사는 말할 수가 없다.
동사가 표현하는 것을, 명사는
표현할 수 없다. 사랑이라는
명사가 싫다. 명사는 명사일 뿐이다.
사랑한다는 동사는, 행위다.

행위는, 칭찬하지도, 부정하지도 않는다.
인생은 불완전하다.
되풀이해서 읽을 수 있는 책.
되풀이해서 들을 수 있는 음악.
하루가 하루로 느껴지는 것 같은 날.

사랑한다고 말할 수 있는 것이 몇 개나 있을까?

잘못

언젠가는 꼭
언젠가는 꼭 하고 생각한다
그 언젠가가 올 때까지
실현되지 않는 것
형체를 이루지도 않는 것
지금 여기에 없는 것들 가운데
진실 중의 가장
진실한 것이 있다고 믿는다
언젠가는 꼭
언젠가는 꼭 하고 계속 생각한다
그것이 네가 저지른 잘못이었다
언젠가는 없다
언젠가는 오지 않는다
언젠가는 없었다
인생은 잘못이다

어느 맑게 갠 날, 저녁 어스름
문득 그런 생각에 사로잡혀
땅거미 속에 멍하니 서 있을 때까지의
터무니없는 시간이 한 사람의 인생이다

사람의 하루는 어떤 시간으로 이루어져 있을까?

말

슬픔을 믿은 적이 없다.
어느 때든 감정은 거짓말을 한다.
옳음을 내세우는 건 싫다.
색깔과 냄새를 믿는다. 언제나
하늘의 색이 마음의 색이라고 생각한다.
거무스름하게 가지를 뻗은 느티나무,
해질녘 강물의 반짝임,
한밤중을 지난 달을, 좋아한다.
단순한 것은 많은 의미를 가진다.
아무리 짧은 하루라도, 일 분 일 분
소중히 산다면, 영원보다 길 것이다.
어디에 있는지 몰라도,
분명 어딘가에 있는 영혼처럼,
필요한 진실은, 결코
증명할 수 없을 것 같은 진실이다.

사람을 다르게 만드는 건, 단 하나
무엇을 아름답다고 느끼는가, 이다.
안녕하세요, 하고 말한다. 고마워요, 하고 말한다.
결국, 인생에서 말할 수 있는 건 그것뿐이다.

한 사람의 말은 무엇으로 이루어져 있을까?

영혼은

슬픔은, 말을 아름답게 하지 않는다.
슬플 땐, 말없이 슬퍼한다.
말로는 되지 않는 것이, 늘 가슴속에 있다.
비탄은 말에 의미를 가져다준 적이 없다.
순수함은 말을 믿기 어렵게 만든다.
격정은 결코 말을 바르게 하지 않는다.
쌓이고 쌓인 원망은 말을 엉망으로 만든다.
사람이 실수하는 건, 언제나 말을
과신해서다. 아름다운 말은 거짓말을 한다.
이 세상을 추하게 하는 건, 진실하지 않은 말이다.
누구나, 무슨 말이든 할 수 있다. 그렇기에,
무엇을 말할 수 있는가가 아니라,
무엇을 말할 수 없는가이다.
마음에 새긴다. —
말은 단지 그것뿐이라고 생각한다.

말이 될 수 없는 감정은, 가만히 안고 간다,
영혼이 따뜻해질 수 있게.
그 모습 그대로, 말을 품는다.
내 안에, 나의 체온처럼.

한 사람의 영혼은 어떤 말로 이루어져 있을까?

아기는 미소 짓는다

소리 높여 우는 걸 배웠다.
내내 울다 그치는 것을 배웠다.
두 주먹을 꼭 움켜쥐고,
눈꺼풀을 조용히 감는 것도 배웠다.
평온하게 잠이 드는 걸 배웠다.
반짝 눈을 뜨고, 사람 얼굴을
말끄러미 쳐다보는 것도 배웠다.
그리고 아기는 미소를 지었다.
이 세상에서 사람이 맨 처음 배우는,
말이 아닌 말이 바로 미소다.
사람을 사람답게 하는, 먼 옛날 원초의 말.
사람이 진정으로 행복할 수 있는 때는, 어쩌면,
뭔가를 배우는 게 그저 미소만 불러올 뿐,
무엇 하나 배우지 않은, 어릴 적의
아주 잠깐뿐이라고 생각한다.

일어서는 것. 걷는 것. 멈춰 서는 것.
여기서 저기로, 혼자서 가는 것.
할 수 없던 것을, 할 수 있게 되는 것.
무언가를 배운다는 건, 무언가를 얻는다는 걸까.
아니다. 배운다는 건, 배워서 얻는 것보다
훨씬 더 많은 것을 잃는 것이다.
사람은, 말을 배우고, 행복을 잃는다.
그리고, 배운 말과
같은 만큼의 슬픔을 아는 사람이 된다.
아직 말을 모르기에, 아기는 미소 짓는다.
미소 짓는 것밖에 모르기에, 아기는 미소 짓는다.
이제는 미소 짓지 않는 사람들을 보면서,
아기는 미소 짓는다. 왜, 나이를 먹으면 사람은
묻지 않는 걸까. 설령 행복을 잃는다 해도,
인생은 여전히 미소 지을 만할까, 라고.

이 세상의 잘못

봄, 따스한 날이 오면, 풀뽑기를 한다.
집 둘레, 해가 들지 않는 차가운 곳에,
한꺼번에, 촘촘히 솟아나는,
이름 모를 어린 풀들의 풀뽑기.
허리를 굽히고, 풀들을 뽑는다.
씀바귀? 벼룩나물? 광대나물?
거친 풀을 뽑고, 흙을 다독인다.
그리고, 바람이 지나가는 작은 길을 만든다.
여기는, 집과 집 사이의
아주 작은 틈일 뿐이지만,
여기에는, 신들의 세계가 있다.
해그늘. 바람의 비틀림. 날카로운
울음소리를 남기고 날아가는 노랑할미새의 그림자.
백목련의 떨어진 꽃잎. 가지들 끝의 새싹.
서향(瑞香)의 향기가 난다. 여기서는,

어떤 소소한 것에도 의미가 있다.

여기에서는 이 세상의 잘못이 분명하게 보인다.

괴테가 말한, 이 세상의 잘못이.

한계를 잊고, 신들과 힘겨루기를 하려 했던

인간들이 저지른, 이 세상의 잘못이.

아무도 몰랐다 — 7

그렇지 않거나, 그렇거나, 둘 중에 하나.
틀리지 않았거나, 틀렸거나, 둘 중에 하나.

싫어하는가 좋아하는가, 더러운가 깨끗한가,
파랑인가 빨강인가, 안 되는가 되는가,
진짜가 아닌가 진짜인가,
거짓이 아닌가 거짓인가,
그만두는가, 아니면 계속하는가,
적이 아니면 우리 편, 우리 편이 아니면 적,
세상만사 모든 건, 둘 중에 하나.

생각한다는 건, 둘 중에 하나를 택하는 것이다.
—— 정말 그럴까.
그렇지 않은 게 아닐까.

왜냐하면, 둘 중에 하나라는 건,
결론을 먼저 정하고, 과정이 없기 때문이다.

하지만 '생각하기'는 선택이 아니고, 결단도 아니다.
세상일은 둘 중에 하나가 아니다. 무슨 일이든
둘 중에 하나라고 생각하지 않는 데서,
'생각하기'가 시작된다.

설령 잘못으로 가득하다 해도,
세상은 정답으로 이루어진 것이 아니고,
경쟁으로 이루어진 것도 아니다.
마음을 늘 한결같이 지켜주는 건,
오히려, 망설임과 머뭇거림 속에 있는 게 아닐까.

뭐든지 옳으면, 옳은 게 아니다.

아무도 몰랐다 — 8

어느 날, 다리가 강에게 물었다.
너는 뭘로 만들어져 있니?

강이 말했다. 나는
흘러가는 물로 만들어져 있어.
너는 뭘로 만들어져 있니?

다리가 말했다. 나는
너로 만들어져 있어.
강이 있으니까 다리가 있는 거잖아.

그렇다면, 너에게,
또는, 나에게,
자기 자신이란 뭘까? 내가 나 자신이 아닌,
다른 무언가로 만들어져 있다면.

강이 말했다. 내가 생각하기엔,
나는 기억으로 만들어져 있어.
흐르는 물이 남기고 가는
기억으로 만들어져 있어.

다리가 물었다. 그 기억은 뭘로?
시간이라고 불리는 것으로 만들어져 있어.

그럼, 시간은 뭘로? 하루하루로.
하루하루는 뭘로? 습관으로.
습관이 뭐야? 존재의 방식이야.
그렇게 존재하는 건, 다 그렇게 존재하는 거야.

너는 뭘로 만들어져 있어?

오후의 투명함에 대하여

없다. 아무것도 없었다.
아무것도 없게 될 때까지, 아무것도
깨닫지 못했지만,
인생은 거짓이 아니라, 무(無)였던 것이다.
확실한 것 따위는 없었다.
푸른 하늘 아래는, 풀꽃이 있었다.
나무가 있고, 나무 그늘도 있었다.
그리고, 꿈도 있었을 테지만,
없다. 아무것도 없었다.
시간이 지나간다는 말은 거짓이었다.
시간은 사라지는 것이었다.
생각나는 것 따위는 아무것도 없었다.
새로운 것은 낯선 것이었다.
눈을 감아야 했다,
보기 위해서는. 듣기 위해서는,

귀를 막아야 했다.
어디에도 진짜 따위는 없었다.
돌에도, 빗소리에도, 음악에도,
말에도, 의미가 있었을 테지만,
없다. 아무것도 없었다.
우리는 아무도 아니었던 것이다.
미소를 지어야 한다.
바닷가 오후의 햇살.
모래톱의 반짝임.
물새의 그림자.
사람이 없는 풍경의 아름다움.

묻혀서 보이지 않는 것. 그렇지만 여기에 있는 것.
기억이란 사람의 뿌리줄기라고 생각한다.
여기에 있지만, 여기에 없는 것.
여기에 없지만, 여기에 있는 것.
내가 쓰고 싶었던 것은 그런 시고, 그런 시집이다.

제3부

슬퍼하는 사람이여, 티끌에 입을 맞추어라

책상 앞의 시간

책상 이야기를 하자.
세로 90센티미터, 가로 140센티미터,
두께 2.5센티미터의 큰 나무판 한 장.
오른쪽과 왼쪽, 두 개의 다리에, 나무판을 올리고,
책상으로 한다. 나무 향이 남아 있지만,
장식도, 아무것도 없다. 서랍도 없다.
이 책상 앞에서 하루하루를 보내다가,
문득 정신이 들어 눈을 들어 보니,
벌써, 사반세기가 흘렀다.
그리고, 아무것도 없던
책상 위에는, 모든 것이 놓여 있다.
연필 열 자루. 종이 백 장.
빨간 교정 펜과 지우개. 국어사전. 어원사전.
브람스의 피아노 3중주곡 세 장.
"아뇨, 아직 그런 사람은 오지 않았어요."

밤의 나그네에게 이야기 속 노파가 슬며시 대답하는,
시라이 교지 번역의 붉은색《사토미 팔견전》을
처음 갖게 된 게 언제였더라?
기억이 아니라 망각이, 책상 위에 놓여 있다.
보이지 않는 것이 놓인 책상에는,
시간의 먼지처럼,
말이 될 수 없었던 말이 뒹굴고 있다.
예를 들면, 땅에서 썩어가는 과일처럼,
존재라는 건, 아주 고요한 것이라고 생각한다.
사람은 누구도,
이렇게 살고 싶었어, 라는 식으로 살지는 않는다.
어떻게 살려고 했든, 결국 이렇게 살았어.
누구나, 그렇게밖에 말할 수 없는 것이다.
책상 위에, 풀꽃을 놓는다. 그 꽃의 색에,
이윽고 해질녘의 색이 천천히 겹쳐간다.

없어서는 안 되는 것

없어서는 안 되는 것의 이야기를 하자.
없어서는 안 되는 것은 없다.
언제나 늘, 그렇게 생각해왔다.
소유할 수 있는 것은 언젠가 잃게 된다.
없어서는 안 되는 건,
결코 소유할 수 없는 것뿐이다, 라고.
하루하루의 기쁨을 만드는 건, 소유가 아니다.
풀. 물. 흙. 비. 햇빛. 고양이.
돌. 개구리. 백합. 하늘의 파랑. 길의 먼 곳.
무엇 하나, 나의 것은 없다.
공기가 맑디맑은 날, 오후의 고요함.
강물의 반짝임. 잎의 무성함. 나무 그늘.
저녁 구름. 새 그림자. 개밥바라기의 반짝임.
특별한 건 없다. 소중히 하고 싶은
(흔하디흔한) 것이 있을 뿐이다.
멋진 것은, 누구의 것도 아닌 것이다.

한밤중을 지나며, 어제 읽던 책을 읽는다.
"바람과 모래 먼지 외에는, 아무것도 남지 않는다."
사막의 역사책에는, 그렇게 적혀 있다.
"모든 인간은 오직 죽기 위해
이 세상에 태어난다.
사람은 이쪽 문으로 들어와
저쪽 문으로 나간다.
사람의 호흡수는 운명에 따라 헤아려진다."
이 세상에 존재한다는 건, 애달픈 것이다.
그렇기에, 전쟁을 바라는 사람은,
무엇보다 하루하루의 평온함을 두려워한다.
평화란 (더할 수 없이 평범한) 하루다.
책을 덮고, 눈을 감는다.
잘 자요. 그러면,
어둠이 소리 없는 음악처럼 다가온다.

미소뿐

바람이 차가워지고, 하늘이 낮아졌다.
나무에는 그림자가 없다. 구름만이 움직이고 있었다.
감각이 예민해졌다. 계절이 바뀐 것이다.
거리에서, 친구를 본 건, 그날이었다.
어린 날의 표정이 남아 있는, 그리운 친구.
오래 만나지 못했는데도, 바로 알아보았다.
이름을 부르려 했을 때, 혼잡한 인파 속으로
멀리 친구의 모습은, 이미 사라지고 없었다.
그때, 생각이 났다.
이미 오래전에, 친구는 세상을 떠났다.
미소만이 남아 있었다.
금계목 꽃향기가 났다.

해가 기울어가고, 세상이 어두워졌다.
어디선가, 나뭇가지 부러지는 소리가 났다.

말은 오래전부터 의미를 갖지 않게 되었다.
가을의 하루가 끝나고, 영혼에
기름을 치기 위해, 진한 커피를 홀짝인다.
그때 문득, 정신이 들었다. 거기에 그녀가 있었다.
길고 가는, 아름다운 손가락을 가진 첼로 연주자.
오래 만나지 못했는데도, 바로 알아보았다.
말을 걸려다, 생각이 났다.
이미 오래전에, 그녀는 세상을 떠났다.
미소만이 남아 있었다.
현의 조용한 울림이 퍼졌다.

미소뿐. 다른 건 없다.
이 세상에 사람이 남길 수 있는 것은.

다들, 어디로 갔을까

햇빛에 반짝이며, 계곡물이 흘러간다.
잡목림이 한꺼번에 거품처럼 싹을 틔우는
산골짜기의 꼬불꼬불한 길을
차로 달린다. 산비탈에 겹겹이
연초록과 진초록 사이에 펼쳐진,
나뭇잎 사이로 비치는 햇살의 회색 카펫이, 참 아름답다.
창밖의 나무숲 너머에 숨어 있는 건,
소년 시절의 옛 친구들이다.
누구보다도 빠르게 필드를 달려
기록을 남긴 소년은, 졸업을 하자,
미련 없이 육상을 그만두었다. 그리고
누구보다도 빠르게 인생을 힘껏 달리고, 떠났다.
언제나 수수께끼 같은 미소를 띠던
포목점 소녀도, 떠났다.
볼을 찡그리는 듯한 미소뿐

그 뒤로 아무것도 남기지 않았다.
튼튼한 팔을 가진 소녀도, 떠났다.
강속구를 던지던 소프트볼 투수다.
여름날 교정에 길게 뻗은,
석양을 등진 소녀의 그림자를 아직도 기억한다.
선생님이 된 소년은, 평생,
인생의 선택을 잘못했다고 생각했다.
학교에 오지 않는 아이들을 위해 이리저리 애쓰다,
어느 날, 쓰러져, 갑자기 떠났다.
석 달 뒤엔, 아마 이 세상에 없을 거야.
그런 말을 들었어. 행운은 기대할 수 없을 것 같아.
그렇게 편지를 써서 보낸 옛날의 소년도, 떠났다.
하지만, 아무도, 없어진 게 아니다.
다들, 여기에 있다. 큰 소리로, 웃고 있다.
어린잎이 피어난 잡목림의 환영 속에서.

이런 사람이 있었다

아무도 아닌 사람이 있었다.
언제도 아닌 날에,
어디도 아닌 곳에서,
아무것도 쓰여 있지 않은 책을
말없이, 읽고 있었다.
바라봐야만 하는 것을
바라봐야만 할 때는
말없이, 눈을 감았고,
말할 수 없는 것은
말할 수 없는 말로
말없이, 말했다.
표현이 아니다.
말은 인식인 것이다.
아무도 아닌 사람의
무언의 말을,

어디에도 없는 사람이,
가만히 듣고 있었다.
아무도 아닌 사람은,
모습이 없는 사람처럼,
아무도 모르게,
여기에는 없는 사람처럼,
말없이, 여기에 있었다.
감정이 아니다.
말은 태도인 것이다.
우리들 사이에는
늘, 어딘가에,
침묵에서 섬세함을
끌어내는 사람이 있었다.
아무도 아닌 사람이 있었다.
지금은, 없다.

눈의 계절이 다가오면

그 시절에는, 자주 눈이 내렸다.
눈이 내리면, 맨 처음엔
하늘이 사라진다. 그리고
그림자가, 소리가, 사라져간다.
새들이 사라지고, 나무들이 사라지고,
길도 사라져, 하루가,
하염없이 내리는 눈의 저편으로,
아름답게 사라지고 있는 것 같았다.
모든 것이 사라져버려,
아침에는, 세상이 없어져 버릴지도 모른다.
끝도 없이 내리는 눈 속에, 어쩌다
하염없이 서 있으면, 그대로
나 자신도 없어져 버릴 것 같은 기분이 들었다.
눈이 내리면,
바로 그곳에, 저편이 나타난다.

눈이 계속 내리는 날에
눈 건너편으로 가버리면,
길을 잃어버린다.
이제, 큰 눈은 내리지 않게 되었다.
눈으로 자욱한 밤의, 겨울 유령들도 없어졌다.
그래도, 눈의 계절이 다가오면,
바로 그곳의 저편으로 조용히 사라져간,
어느샌가 없어져 버린 사람들이
또렷이 떠오른다.
살아 있을 때는 멀었던 사람들도,
죽음의 소식을 들으면,
왠지 가깝게, 그립게 느껴진다.
그렇다. 가장 먼 거리야말로,
사람과 사람을 가장 가깝게 만드는 것이다.
지금 온화한 겨울 햇살 속에서 깨달은 것.

이런 고요한 밤

조금 전까지는 있었다. 지금은 없다.
사람의 일생이란 단지 그뿐이라고 생각한다.
여기에 있었다. 이제 여기에는 없다.
죽음이란 이제 여기에 없다는 것이다.
당신이 누구였는지, 우리는
떠올리려고도 하지 않고, 당신을
언젠가는 잊게 될 것이다. 정말이다.
슬픔은, 잊을 수 있다.
당신이 누구였든, 당신이
살았던 것은, 어색한 인생이었다.
우리와 마찬가지다. 어떻게 웃으면 되는지,
어떻게 화내면 되는지, 당신은 몰랐다.
가슴을 찌르는 불확실함, 모호함 외에,
확실한 것이 도대체, 있는 걸까?
늘 당신을 괴롭혔던 건,

뭔가가 결여되어 있다는 의식이었다.
우리가 사회라고 부르는 것이,
만약, 가치가 존재하지 않는 심연에 불과하다면,
스스로 조심하는 정도밖에, 우리는 할 수 없다.
우리는, 무엇을 해야 하는가가 아니라
무엇을 하지 말아야 하는가를 생각해야 한다.
차가운 소주를 손에 들고, 빌 에반스의
〈Conversations With Myself〉를 듣고 있다.
가을, 고요한 밤이 지나간다. 당신은,
여기에 있었다. 이제 여기에는 없다.

언젠가, 저편에서

인생은 길다고, 늘 생각했다.
틀렸다. 놀랄 만큼 짧았다.
넌, 그걸 알고 있었니?

하면 할 수 있다고, 늘 생각했다.
틀렸다. 이룬 건 아무것도 없다.
넌, 그걸 알고 있었니?

알아줄 거라고, 생각했다.
틀렸다. 아무도 아무것도 알아주지 않는다.
넌, 그걸 알고 있었니?

사실은, 새로운 정의가 필요했던 것이다.
사는 것, 즐거워하는 것, 그리고 나이를 먹는 것의.
넌, 그걸 알고 있었니?

곧게 살아야 한다고, 생각했다.
틀렸다. 사람은 구부러진 나무처럼 산다.
넌, 그걸 알고 있었니?

안녕, 친구여, 언젠가, 저편에서 만나자.

세 마리의 죽은 고양이

세 마리의 고양이가 죽었다.
일 년에 한 마리씩, 차례대로 죽었다.
스무 해를, 세 마리의 고양이와, 함께 살았다.
첫 번째 고양이는, 말없이 죽었다.
차에 치여, 갑자기 죽었다.
두 번째 고양이는, 의연히 죽었다.
마지막까지 네 다리로 서려고 했고,
그렇게 할 수 없게 되자, 그제야,
무너져 내리듯이, 죽었다.
세 번째 고양이는, 조용히 죽었다.
귀가 들리지 않았다. 이빨은 씹지 못했다.
그래도, 늘 사랑스러웠다.
스스로 몸을 눕히고, 눈을 감고 죽었다.
이 세상에 태어난 것은, 죽지 않으면 안 된다.
살아 있는 것은, 언젠가, 저마다의

작은 죽음을 죽어야 한다.
스무 해 동안, 세 마리의 고양이는,
아홉 개의 목숨을 충분히 다 쓰고, 죽었다.
살아 있는 것이 이 세상에 남길 수 있는
마지막은, 삶의 끝이 다할 때까지 살아낸다는
프라이드가 아닐까.
비를 들으며, 밤에, 이 시를 쓰면서,
오늘, 사람이, 프라이드를 잃지 않고
죽어가는 것의 어려움에 대해 생각한다.

영혼이라는 게 있다면

단언한다, 단언할 수 있는 것은.
단념한다, 단념할 수 있는 것은.
다 써버린다, 쓸 수 있는 말은.
깡그리 없앤다, 없앨 수 있는 것은.
그러고도 여전히, 그 뒤에
남아 있는, 아주아주 작은 것.
똑똑히 느껴진다. 하지만,
똑똑히 표현할 수 없는 것.
분명, 무언으로밖에는 표현할 수 없는,
아주 희미한 것.
나뭇잎 사이로 비치는 겨울 햇살 같은,
어떤 종류의 고요함 같은 것.
만약, 영혼이라는 게 있다면,
아무것도 없을 정도로, 작은 그것,
그것이 아닐까. 그렇게 말하며,

너는 웃으며, 되돌아가듯 세상을 떠났다.
옳았었나, 틀렸었나,
그것이 인생의 저울이라고는 생각하지 않는다.
일생을 다 써버려도, 너는 후회하지 않았다.
그리고 이 세상에는, 아무것도 남기지 않았다.

상자 속의 소중한 것

그에 대해, 이야기할 것은 아무것도 없다.
자신에 대해, 그는 이야기하지 않았다.
Have done이라고 할 만한 것을 한 적은 없지만,
그것을, 그는 후회하지 않았을 것이다.
작은 것, 흔한 것을, 그는 사랑했다.
예를 들면, 산딸나무가 있는 오솔길이다.
날마다 걷는 길을, 그는 사랑했다.
계절을 숨쉬는 나무를, 그는 사랑했다.
하지와 동지가 있는 한 해를, 그는 사랑했다.
하지만, 사랑한다는 말은,
한 번도 쓴 적이 없다.
아름답다는 말을, 한 적은 있다.
조용히 비 내리는 날, 나무 밑의 거미줄에
굵은 빗방울이 맺혀 있는 것을 보면,
너무 아름답다고 말했다.

어디의 누구도 아닌 사람처럼
그는 천천히 살아간 사람이었다.
죽기 전에, 그가 작은 상자를 주었다.
"소중한 것이 안에 들어 있어."
그가 죽은 뒤에, 그 상자를 열었다.
상자 속에는, 아무것도 들어 있지 않았다.
아무것도 없다는 것이, 그의 소중한 것이었다.

노인과 고양이와 책을 위해서

언제나, 그곳에 있었다. 언제나,
책을 읽고 있었다. 안으로 들어가면,
그 순간만, 눈을 들었다. 시선은 날카롭지만,
금세 눈은, 활자로 되돌아갔다.
바람 속의 섬부엉이처럼,
언제나, 입을 다물고, 그곳에 있었다.
헌책방이다. 오래된 동네의, 오래된 집의.
삼십 년 전 처음으로 그 책방에 갔다.
하지만, 한 번도, 이야기를 한 적은 없다.
주인은 아주 작은 노인이고,
책방에는 아주 큰 늙은 고양이가 있었다.
미소도, 수다도, 유행도 없다.
조용한 시간뿐. 그것 말고는 없다.
낡은 책장에는, 수많은 헌책들이
마구잡이로 꽂혀 있고, 바닥 여기저기엔

잊혀진 책들이 아무렇게나 쌓여 있어,
좁은 책방을 더더욱 좁게 만든다.
책에 차별을 두지 않는다. 대단한 책이든,
흔한 책이든, 그렇지 않은 책이든.
책을 신줏단지 모시듯 하지 않는다.
하지만 거기에는 어디에도 없는 책이 꼭 있었다.
어느 날, 갑자기, 사라졌다.
책방이 있던 자리에, 책방이 없었다.
그리고 작은 노인도, 큰 고양이도.
조용한 시간도, 산더미 같던 수많은 책들도.
너는 신들을 찬양하기 위해 노래했어. ……
아니. 신들을 찾기 위해 노래했던 거야. ……
노인과 고양이 책방의 마지막 책이 된 것은,
먼 옛날 로마의, 죽음을 앞둔 시인의 이야기다.
죽어가는 베르길리우스는 중얼거린다.

하지만, 나는 신들을 찾지 못했어. ……
찾아낸 건 다른 것이었어. ……
모래와 돌가루로 깨끗이 고른
빈터가, 그 자리에 남아 있다.
전부인가 무(無)인가, 가 아니다.
전부가 무라고 생각한다,
소소한, 개인적인 기억이 없다면.
노인과 고양이와 책을 위해,
라넌큘러스 꽃을 주세요.
어디에도 신들은 없다.

모든 것을 잊어 간다

해질녘, 녹색 가지들이 그림자를 겹치는
숲이 남아 있는 뒷골목 오솔길 저편에서,
그가 달려왔다. 큰 개에 이끌려,
숨 가쁘게, 스쳐 지나가다가,
뒤돌아보며 말했다. —— 다음에, 시간 내서 보자.
약속을 지키지 못하고, 그는 가버렸다.
죽음에 이끌려, 숨 가쁘게,
갑자기, 큰 개와 작은 약속을 남겨놓고.
지금도 그 오솔길을 지날 때면, 저쪽에서
그가 달려오는 듯한 기분이 든다. 그런데,
이상하다. 그가 말한 것, 했던 것,
무엇 하나 떠올릴 수가 없다. 그는 누구였지?
모든 것을 잊어 간다.

공백 속에,
겹꽃잎의 봉선화 화분 하나를 놓는다.

내가 할 수 있는 건, 그것뿐이다.

잊어서는 안 된다고,
달력이 말한다. 잊어서는 안 된다고,
큰 시계가 말한다. 잊어서는 안 된다고,
날벌레가 말한다. 날아다니는 벌이 말한다.
지붕에 나란히 앉은 까마귀가 말한다.
까악 까악, 잊어서는 안 된다고.
그런데, 잊어서는 안 되는 게 뭐지?
모든 기억을 잃어버린 노인이,
창가에서 혼자, 말없이, 눈물을 흘리고 있다.
인간이 말을 잃어버리는 것이 아니다.
말이 인간을 잃어버리는 것이다.
기억이 결코 말하지 못하는 것이 있다.
모든 것을 잊어 간다.

뒤에 남는 것은, 한없이 밝은 풍경이다.
겨울 사막에 쏟아지는 한낮의 햇살처럼,
모래와 하늘과 고요함, 그것이 전부다.
"신들은 두려워할 것이 아니다.
죽음은 두려워할 것이 아니다.
행복은 손에 넣을 수 있다.
고통은 견딜 수 있다."
먼 옛날, 카파도키아의 현자는 말했다,
그것이 이 세상의 네 가지 진실이라고.
새로움으로 가치를 헤아리는 건 잘못이다.
이상하다. 오래된 진실은 잊어버리지 않는다.
새로운 진실은, 눈에는 보이지 않게 되었다.
모든 것을 잊어 간다.

밤의 숲길

밤이 오면, 숲에 간다.
손에 아무것도 들지 않고, 혼자서,
감각을, 한껏 펼치고.
노래를, 부르면 안 된다.
말을, 입 밖에 내면 안 된다.
낮의 수로, 헤아리면 안 된다.
인생은, 밤의 수로 헤아리는 것이다.
온갖 기척이, 몰려온다.
천천히, 보이지 않는 것들이 보인다.
숲속에서, 솔부엉이가 눈을 번쩍이며,
썩은 상수리나무에 모여든 왕사슴벌레를 물어 죽이는,
여름의 밤. 이야기의 길이만큼이나 긴, 겨울의 밤.
밤의 푸름 속에, 생명이 있는 것들의 그림자가
검은 어둠을 만들며, 떠 있다.
만물은 전부, 그림자다.
멀리 여기저기서, 점점이,
불긋불긋 타오르는 불이 보인다.
저것은, 사람 모양으로 엮은

나뭇가지 바구니 안에, 영면한 사람을 눕히고,
그 영혼에 불을 지펴, 태우고 있는 것이다.
믿지 않을지 모르지만, 정말이다.
사람의 인생이라 불리는 것은,
밤의 불에 가만히 감싸여
그렇게 숨이 끊어질 때까지의,
'나'라고 하는, 신의 작은 생물의,
가슴 두근거리는, 아주 짧은 시간이다.
신은, 사람을 올곧게 만들었지만,
사람은, 복잡한 생각을 하고 싶어 한다.
칼끝처럼, 사람의
존재에 들이대어진,
이상한 덧없음.
무엇을 위한 것도 아니고,
그저, 사라져 없어지기 위해서다.
사람은 살다가, 존재하지 않았던 것처럼 사라진다.
마치 이 세상에 태어나지 않았던 것처럼.

바닷가에서

가장 먼 것이,
가장 가깝게 느껴진다.
어디에도 없는 것이,
바로 곁에 있는 것 같은 기분이 든다.
어디에도 사람의 그림자가 없다. 그런데도,
곳곳에, 말이 넘쳐 있다.
하늘에는 하늘의 말. 구름에는
구름의 말. 물에는 물의 말.
모래에는 모래의 말. 돌에는 돌의 말.
풀에는 풀의 말. 조개껍데기에는
조개껍데기의 말. 표착물에는
표착물의 말. 그림자에는 그림자의 말.
야자나무에는 야자나무의 말.
바람에는 바람의 말. 파도에는
파도의 말. 수평선에는

수평선의 말. 눈에 보이는
모든 것은, 세상의 말이다.
모든 말 중에,
사람의 말은, 극히 일부에 지나지 않는다.
바람이 회오리치고, 야자나무가 한꺼번에 소리쳤다.
슬퍼하는 사람이여, 티끌에 입을 맞추어라.
희망을 찾을 수 있을지도 모른다.
사람은 슬픔을 무거운 짐으로 여겨서는 안 된다.

자유에 필요한 것은

불행이란 아무것도 배우지 않는 거라고 생각한다
사람은 침묵하는 것을 배워야 한다
침묵을, 아니, 침묵이라고 하는
또 하나의 말을 배워야 한다
느릅나무에게, 느티나무에게 배워야 한다
가지를 흔드는 바람에게 배워야 한다
햇빛에게, 그림자를 만드는 법을
맑은 강물에게, 진흙을 만드는 법을
말이 결코 말하지 않는
이 세상의 의미를 배워야 한다
소녀도 소년도 고양이도
늙는 것을 배워야 한다
죽어가는 것을 배워야 한다
이제 여기에 없는 사람에게 배워야 한다
보이지 않는 것을 바라보아야 한다

눈에 보이지 않는 것에서 배워야 한다
두려워하는 것을 배워야 한다
오래된 가구에게 배워야 한다
사과나무에게 배워야 한다
돌 위의 도마뱀에게, 주의 깊음을
배추흰나비에게, 시간의 고요함을
말[馬]의 눈빛에서 깊이를 배워야 한다
슬픔을 받아들이는 법을 배워야 한다
새로운 진실 같은 것은 없다
자유에 필요한 건, 오직 성실함뿐이다

하늘색의 거리를 걷는다

공기가 맑다.
길 저 멀리까지,
모든 것들이 다
또렷한 모양을 하고 있고,
아무것도 아닌 거리의 풍경이
아름다운 침묵처럼
펼쳐져 있다.
집들의 지붕 위로
한없이, 고요하게
투명해져가는 청자의 하늘이,
순간의 영원처럼 아름답다.
나도 모르게, 멍하니 서 있다.
두 손의 손가락을 쫘악 편다.
아무것도 없다. ——
얻은 것이 아니라,
잃은 것의 총량이,

사람의 인생이라 불리는 것의
아마도 전부가 아닐까.
그것이 이 세상의 이치라는 걸,
시간을 함께한 사람을 떠나보내고서야 알았다.
죽음은, 있는 그대로인 것이다.
햇살이 연한 감빛으로 내려오는
가을날 오후 세 시.
거리의 공원 벤치에,
소녀 같은 할머니가 두 명,
나란히 앉아, 즐거운 듯,
나팔을 부는 작은 천사처럼
하늘로, 비눗방울을 날리고 있었다.
하늘나라까지 닿아라 비눗방울.
슬픔은 극에 달할수록 밝아진다.
가을의 하늘은 그것을 가르쳐준다.

하늘 아래

침묵한다. 그리고, 고요함을 모은다.
마음의 바구니를, 고요함으로 가득 채운다.
그렇게 해서, 시간을 깨끗이 한다.
혼자 있기를 못하면 안 된다.
고요함 속에는, 사람이
말로는 할 수 없는 의미가 있다.
말을 갖지 않은 것들이 하는 말이 있다.
혼자 있기를 못해서는 안 된다.
풀의 열매가 말한다. 떡갈나무의 줄기가 말한다.
구부러진 오솔길이 말한다.
한낮의 그림자가 말한다. 딱새가 말한다.
혼자 있기를 못해서는 안 된다.
시간의 속도를 느리게 하는 것이다.
생각한다는 건, 느린 시간을
지금, 여기에 만들어내는 것이다.

혼자 있기를 못하면 안 된다.

하늘의 푸름이 말한다. 영리한 거미가 말한다.

기억이 말한다. 그리운 사자(死者)들이 말한다.

그 무엇도 결코 없어져 버리지 않는다.

혼자 있기를 못해서는 안 된다.

이 세상은 아름답다고 말할 수 없을지도 모른다.

어릴 땐, 하지만 몰랐다.

이 세상에는, 혼자 있을 수 있기에

비로소 할 수 있는 것이 있다. 사람은

기도할 수 있는 것이다.

기쁨을 쓰려다가, 슬픔을 발견한다. 슬픔을 쓰려다가, 기쁨을 발견한다. 시라고 불리는 것은, 글쓰기의 그러한 반작용에 의해 본질적으로 유지되는 말이라고 생각한다.

인생이라는 말이 절실한 말로 느껴지면서 깨닫게 된 것은, 순간도, 영원도, 과거도 아닌, 하루가, 사람의 인생을 새기는 가장 소중한 시간의 단위라는 것이었다.

하루를 살아가는 데, 시는 앞으로도 필요한 말이 될 수 있을까?

제4부

인생이라는 책을, 사람은 가슴에 품고 있다

세상은 한 권의 책

책을 읽자.
더 책을 읽자.
더, 더 책을 읽자.

쓰여 있는 글자만이 책은 아니다.
해의 빛, 별의 반짝임, 새의 울음소리,
강물 소리도, 책이다.

너도밤나무 숲의 고요함도,
산딸나무의 하얀 꽃들도,
크고 고독한 느티나무도, 책이다.

책이 아닌 것은 없다.
세상이라는 건 펼쳐진 책이고,
그 책은 보이지 않는 말로 쓰여 있다.

우루무치, 메시나, 통북투,
지도상의 한 점에 지나지 않는
머나먼 나라의 머나먼 마을도, 책이다.

그곳에 사는 사람들의 책이, 마을이다.
자유로운 북적임이, 책이다.
밤에 빛나는 창문의 불빛 하나하나가, 책이다.

시카고 선물시장의 숫자도, 책이다.
네푸드 사막의 모래폭풍도, 책이다.
마야의 비의 신의 감은 두 눈도, 책이다.

인생이라는 책을, 사람은 가슴에 품고 있다.
한 사람의 인간은 한 권의 책이다.
기억을 잃은 노인의 표정도, 책이다.

초원, 구름, 그리고 바람.
말없이 죽어가는 가젤도, 누도, 책이다.
권위 없는 존엄이, 전부다.

이백억 광년 안의 작은 별.
어떤 것도 아니다. 산다는 건,
생각할 수 있다는 것이다.

책을 읽자.
더 책을 읽자.
더, 더 책을 읽자.

겨울의 금목서

가을, 사람을 문득 멈춰 서게 하는
달콤하고 강한 향이 나는
금색의 작은 꽃들이 떨어져
금색의 눈송이처럼 쌓이면,
조용한 초록의 침묵이 오래도록 이어지는
금목서의 나날이 시작된다.
금목서는, 열매를 맺지 않는 나무다.
열매를 맺지 않는 나무에게,
미래는 달성이 아니다.
겨울부터 봄, 그리고 여름,
빛을 모으고, 그림자를 겹치며,
오로지 초록의 충실함을 사는,
잎의 무성함, 포개짐. 반들반들한
커다란 금목서를 볼 때마다 생각한다.
행위가 아니다. 삶의 자유는 존재인 것이라고.

하늘과 땅 사이에

끝도 없이 뿌리는 내려간다. 끝도 없이
가지들은 올라간다. 끝도 없이 뿌리는
땅을 붙잡으려 한다. 끝도 없이
가지들은, 하늘을 붙잡으려 한다.
무서우리만큼
커다란 나무다. 올려다보니,
회오리바람처럼 빙글빙글 돌며
햇빛이 조용히 떨어졌다.
그림자가 땅에 스미듯 퍼졌다.
왜 거기에 가만히 있어?
왜 자유롭게 여행하지 않아?
하얀 구름이, 검은 나무에게 말했다.
삼백 년을, 나는 여기에 서 있어.
그렇게, 나는 시간을 여행해왔어.
검은 나무가 겨우겨우 대답했을 때,

구름은 이미 떠나고, 어디에도 없었다.
돌아오는 해와 함께, 커다란 나무는,
울툭불툭, 앙상하게, 늙어갔다.
이윽고 다가올 죽음이, 뿌리를 휘감았다.
하지만 나무의 가지들은, 새로운 싹을 틔웠다.
자유란, 어디론가 떠나가는 것이 아니다.
깊이 생각하며 여기서 살아가는 것이, 자유다.
나무처럼, 하늘과 땅 사이에서.

어메이징 트리

큰 나무가 있었다. 나무는,
비의 아이다. 아버지는 햇빛이었다.
나무는, 잎을 틔우고, 꽃을 피우고, 열매를 맺었다.
나무 위엔 하늘이, 나무 밑엔 고요한 그림자가 있었다.
나무는, 말을 할 수 있었다. 할 수 있는 말은,
침묵의 말이다. 그 말은,
굵은 줄기와 세월로 이루어져 있고,
무수한 잔가지와 성상(星霜)으로 이루어져 있었다.
나무는 어디에도 가지 않는다. 어느 시대에도
그곳에 있다. 그곳에 나무가 있으면, 그곳에
물이 있고, 웃음소리와 따스한 어둠이 있다.
돌풍이 달려오고, 떠나갔다.
뭉게구름이 다가오고, 떠나갔다.
석양빛이 나무에 화살처럼 꽂혔다.
새들이 돌아오면, 밤이 깊어졌다.

그리고 아침, 하루가 영원처럼 시작된다.
코끼리와 물소가 찾아오고, 떠나갔다.
슬픈 사람들이 찾아오고, 떠나갔다.
이 세상에서, 사람은 아주 짧은 시간을,
땅 위에서 보낼 뿐이다.
일하고, 사랑하고, 잠들다가,
훌쩍, 어느 날, 모습을 감추는 것이다.
사람은, 커다란 나무 속으로.

비밀의 나무

큰 나무의 아름다움은, 어디까지나, 그 전체의 아름다움이다. 큰 나무의 중심에는, 곧게 선 줄기가 있어, 그 중심에서 많은 가지가 갈라지고, 또 그 가지들도 수많은 잔가지로 가늘게 갈라진다.

가지의 끝을, 잎의 무성함이 부드럽게 뒤덮어, 잎은 햇빛을 흩트리며, 고요한 그림자를 펼친다. 아름다운 것은, 멀리서 보는 나무 모양이 하늘 안에서 늘 아름다운 균형을 이루고 있고, 어느 때에도 나무 아래의 은밀한 고요함을 잃지 않는, 그런 나무다.

멀리서 그 나무를 보면서 그쪽을 향해 다가가면, 나무는 어느새 올려다보아야 하는 높이와 크기가 되고, 반대로 나 자신은 점점 작아져만 간다. 사람은 작은 존재인 것이다.

아름다운 큰 나무가 품고 있는, 이 세상에서 가장 그리운, 하지만 가장 본질적인 비밀. 아름다운 큰 나무가 있는 장소가 바로, 작은 존재로서의 사람이 살아온 장소라고 하는 비밀.

그리운 사자(死者)의 나무

늘 마음속 어딘가에 있기에, 문득 생각이 날 때면, 함께 모닥불에 둘러앉아 있는 것 같은 친근한 느낌이 든다. 그런 그리운 사람들이 있다.

예를 들면, 오십 년 동안 한 번도 만난 적이 없는 어린 시절의 친구. 또는, 말할 수 없을 만큼 고지식하고 브루크너를 좋아했던 청년. 그들은 늙어서, 지금은 어떻게 지내고 있을까.

언제부터였을까. 늘 마음속 어딘가에 있던 사람들의 부고를, 뜻밖에도 바람결에 듣는 일이 많아졌다.

죽음의 소식은, 신비로운 작용을 한다. 그것은 슬픔이 아니라, 오히려, 그 사람에 대한, 잊고 있던, 작고 소소한 인상을 또렷이 되살아나게 한다.

그리운 이의 죽음을 알게 되면, 거리 곳곳에 있는, 내가 좋아하는 큰 나무 중에 한 그루를 골라, 죽은 이의 이름을 붙인다.

이따금, 그 나무 앞에 멈춰 선다.

그리고, 생각한다. 아득바득 한평생을 살아도, 사람은 한 그루 나무에도 못 미치는 시간밖에 살지 못하는 거라고.

편지의 나무

한평생, 네 그루의 나무를 심었다고, 남자는 말했다. 어릴 적, 마을길에 가로수를 위한 나무를. 그리고, 상수리나무 열매 몇 개를, 공터에 묻었다. 고향 마을을 떠나기 전에.

나머지 두 그루는, 말없이 세상을 떠난 이들을 위해. 한 그루는, 아무것도 이루지 못하고 일찍 가버린 친구를 위해. 또 한 그루는, 오래 살다 조용히 죽은 고양이를 위해.

하지만, 고향 마을은 재개발이 되고, 공터는 사라져, 그리운 것들을 위해 나무를 심은 장소는 잔디 공원이 되어, 어떤 나무도 이제 남아 있지 않다.

문명이란 뭘까. 나무를 베어 쓰러뜨리는 것이 문명이야. 그래도, 하고 남자는 말했다. 사람은 나무를 심어. 나무는 편지니까.

모든 나무는, 누군가가 남기고 간, 편지의 나무인

것이다. 이렇게 살았다고 하는, 한 사람의 인간의 기억이 그곳에 남겨져 있는, 말이 없는 편지의 나무.

그 겨울의 밤에, 남자는 떠났다.

죽은 남자가 남기고 간, 보이지 않는 나무. 사람의 마음속에 자라나는, 말의 나무.

그루터기 나무

바람이 센 날이었다. 큰 그루터기밖에 없는 나무가, 불어온 바람에게 말했다.

이봐, 바람아. 내 과거는 어디에 있는 걸까? 난 가지도, 잎도 없어. 그림자도 없어. 어둠을 낳지도 않아. 이게 나의 현재라면, 나의 미래는 어디에 있지?

그루터기야, 바람이 말했다. 그렇지 않아. 과거, 현재, 미래로 시간을 나누는 건 잘못이야. 아름다운 시간은 어디에 있을까. 중요한 건 그것뿐이야.

그루터기 나무는 하늘을 올려다보았다. 그러자, 햇빛이 스윽 내리비쳤다.

그루터기야, 과거도 현재도 미래도 없어. 시간은 지나가지도, 새로 오지도 않아. 아름다운 시간은, 언제나, 지금 여기, 눈앞에 있는 거야. 고요한 햇빛처럼.

포장도로 가에, 한 그루, 큰 그루터기만 남은 나무

가 있다. 의자 높이만 한 그루터기의 둘레를, 그루터기 나무가 살아온 시간이 감싸고 있다. 하루하루의 영혼을 맑게 하는 시간이, 거기에 남아 있다.

조용한 나무

여름숲에는, 신비로운 마법이 걸려 있다.

나무 우듬지 끝에서 떨어지는 햇빛이, 숲의 초록을 몇 겹이나 투명하게 포개어, 숲속은 한없이 맑고 환한데, 여름숲의 겹겹의 초록은, 어딘가 슬픔과도 같은 고적함을 품고 있다.

아무리 맑게 갠 한낮이라도, 숲속에는, 고요한 초록의 어둠이 숨어 있다.

여름 하늘 아래, 고개를 떨구듯 우두커니 서 있는 숲속의 나무줄기들은, 나란히 무리 지어 있으면서, 한 그루 한 그루, 고독하고 말이 없다.

고요함이, 여름숲의 법칙이다.

숲은, 볕내음이 나고, 흙내음이 나고, 풀내음이 나고, 또 때로는 나뭇잎 사이로 비치는 햇살이 알록달록 아른거린다.

모습을 드러내지 않는 누군가가, 사람의 것이 아

닌 말로, 무슨 말을 건네는 것 같은 느낌이 들어, 뒤돌아보지만, 아무도 없다.

아무것도 말하지 않는 것 말고는, 중요한 것을 말할 방법이 없을 때가 있다.

여름의 고요한 숲이 떠올려주는 맑은 진실이다.

겨울날, 나무 아래서

모든 것에는 거리(距離)가 있다. 모든 것은 거리를 살아간다.

그리고, 모든 것과의 거리를 재면서, 인간은 언제나 생각한다. 행복이란 뭘까 하고. 행복을 정의해온 것은, 언제나 거리였기 때문이다.

지나가는 햇살과의 거리. 작은 꽃들과의 거리. 강과의 거리. 언덕과의 거리.

태어난 땅과의 거리.

바다와의 거리. 모래와의 거리. 바다 냄새와의 거리. 먼 나라, 먼 마을, 먼 기억과의 거리. 죽은 사람과의 거리.

별과의 거리. 밤에 우는 새와의 거리. 숲과의 거리.

아름답도록 맑게 갠, 어느 겨울날.

잎이란 잎은 다 떨군 채 서 있는 커다란 나무가, 나무 아래에서 행복에 대해 생각하고 있던 한 작은 인간에게 말을 걸었다.

아무것도 없어. 구름 한 점 없어. 가까이에도 멀리에도 없어. 무(無)가 깊어져 갈 뿐이야, 아름다운 겨울의, 끝없이 푸른 하늘은.

행복? 인간뿐이야. 행복이란 걸 필요로 하는 것은.

나무의 전기

이 자리에서 태어났다. 이 자리에서
자랐다. 이 자리에서 스스로
똑바로 서는 것을 배웠다.
하늘이 말했다. —— 나는
언제나 네 머리 바로 위에 있단다. ——
맨 처음에는 햇빛을 모으는 것을 익혔다.
그다음에는 비를 모으는 것도 익혔다.
그리고 바람에게, 듣는 것을 배웠다.
밤에는 북두칠성에게 방향을 배우고,
어둠 속을 달리는 작은 동물들의
희미한 발소리에 귀를 기울였다.
그리고 세월을 헤아리는 법을 배웠다.
아득히 멀리 보는 것을 배웠다.
키가 커졌고, 커진다는 것은
큰 그림자를 만든다는 것임을 알았다.

구름이 말했다. —— 나는
언제나 네 마음을 가로지른단다. ——
아름다움이 전부는 아니었다.
덧없음을 알고, 애처로움을
느끼고, 늙어감을 배웠다.
늙는다는 건 받아들이는 것이다.
따뜻한 것은 따뜻하다고 말해라.
하늘은 푸르다고 말해라.

숲속에서

나무들 사이, 가지들 너머,
투명하게, 끝도 없이
펼쳐져 있는 건,
무척이나 높은 하늘이다.
가느다란 가지의 맨 끝을
날카롭게 반짝이며, 석양빛의
무수한 화살이 달려간다.
그 뒤를 쫓아, 바람이
숨 가쁘게 달려간다.
술렁이는 그림자처럼
그리고, 침묵이
나무숲 속으로 떨어졌다.
해가 저물어가는 속에
한 그루, 한 그루의 나무가
기도하는 사람처럼 서 있었다.

숲에는 아무도 없다.
신들은 어제 막 떠난 뒤였다.
보이는 것이 아니라 느껴지는 것을,
부엉이 한 마리가
가만히 바라보고 있었다.
세상은 정말로 아름다운 무(無)라고 생각한다.

숲을 나와서, 어디로

소년이, 걸어온다.
개가, 걸어온다.
스카프를 맨 여자가, 걸어온다.
햇살이, 아주 무겁다.
고개를 숙이고, 걸어온다.
숲속에서,
나무 그늘 속에서,
다들, 나온 것이다.
인간은, 숲의 아이다.
숲을 떠나 걷기를 택한
고독한, 숲의 아이다.
각자, 저마다,
혼자서, 걸어온다.
꽃을 들고, 걸어온다.
물을 들고, 걸어온다.

자전거를 타고, 달려온다.

말없이, 걸어온다.

숲을 나와, 어디로 가는 걸까?

어디까지 걸어간들,

세상은 다 똑같이 이루어져 있다.

하늘과, 풀과,

돌멩이투성이의 길과,

그리고, 어쩌면, 작은 영혼으로.

가모 강의 아오이 다리 위에서

나지막한 산줄기를 감싸는
옅은 공기의 색이, 멀리서부터
부드러워지고 있다.
2월, 우수 무렵에,
교토 가모 강의 아오이 다리를 건너다가,
나도 모르게, 멈춰 섰다.
하늘의 푸르름은 아직 없다.
바람도 아직 매섭게 차다.
발밑에서 냉기가 스르르 올라온다.
하지만, 다리 위에서 바라보는
기타야마 산기슭의 색감의 그리움.
연두색이 희미하게 물들기 시작하는
담박한 계절의 회청색 풍경의 애틋함.
얕고 평온하게 흘러가는
가모 강의, 찰랑찰랑, 찰랑찰랑,
끊이지 않고 이어지는 물소리.

고방오리가, 떼를 지어, 소리도 없이
날아오르더니, 다시 조용히 내려앉았다.
나는 희망에 대해 생각하고 있었다.
그리고, 다이고지(醍醐寺)에서 돌아오는 길에,
택시 기사가 한 말을 생각했다.
매화가 늦게 피는 것 같아도,
그래 봤자, 매화니까,
때가 되면, 그런대로,
그럭저럭, 피겠지요. ……
희망이란 건 그런 거라고 생각한다.
돌아오는 계절은 아무것도 배반하지 않는다.
아무것도 배반하지 않는 것이, 희망의 본질이다.
돌아오는 계절이, 나(우리)의 희망이다.
죽음을 잊지 마라. 시간은 지나간다. 계절은 돌고 돈다.
오늘 밤은, 돈구리 다리 모퉁이에 있는 다코초에,
유채꽃 오뎅을 먹으러 간다.

괜찮아, 하고 스피노자는 말한다

세 개의 강과,
사방을 둘러싼 언덕과,
흰 연기가 옅게 흐르는
활화산이 있는, 스소노 마을에서,
풍경의 아이로,
언제나 하늘을 올려다보는 인간으로,
나는 자랐다.
아침, 정오, 해질녘,
혼자서, 말없이, 하늘을 올려다본다.
—— 뭐가 보이니?
—— 아무것도 안 보여.
아니다. 하늘을 올려다보면,
너무나 아름답게 펼쳐진 것이 보인다.
아니, 보이는 게 아니다. 느껴진다.
스피노자에 대한 작은 책을

오후 내내 읽었다.

세상이 존재하는 건, 누구를 위한 것도 아니다

라고, 스피노자는 말한다.

중요한 건, 하늘 아래에 존재한다는

열린 감각이 아닐까.

하늘 아래에 있는

작은 존재로서,

지금, 여기에 있다, 라는 것.

한밤중에는, 창가에서, 하늘을 올려다본다.

밤하늘은 사람의 감정을 무구하게 만든다.

구름 없는 밤에는, 별을 헤아린다.

비 오는 밤에는, 잃어버린 것을 헤아린다.

괜찮아, 하고 스피노자는 말한다.

잃을 것은 아무것도 없어.

지킬 것은 처음부터 아무것도 없어.

나(우리)에게 소중한 것

아무것도 아닌 것.
아침에 창을 열 때의, 한순간의 감정.
뜨거운 커피를 홀짝일 때,
문득 가슴속에 퍼져오는 것.
정말 좋아하는 오래된 나무 의자.

태연한 것.
물빛이 반짝이는 강.
느티나무 가로수의 긴 언덕.
소녀들의 수다.
골목길 한복판에 앉아 있는 고양이.

소소한 것.
페튜니아. 베고니아. 클레마티스.
흙을 마련한다. 물을 준다. 계절이 돌아온다.
그저 그것뿐이지만,
거기에 있는 건, 아름다운 시간이다.

잃고 싶지 않은 것.
풀냄새. 나무 그림자. 먼 곳의 친구.
채소가게 앞에 놓인 감귤의 반질반질함.
겨울은, 몹시 춥다.
여름은, 못 견디게 덥다.

남모르는 것.
인간은, 자연과 다른 식으로
존재하는 것이 아니다.
어떤 일이 있든, 인생을 받아들인다.
그런 남모르는 규칙이, 인생의 전부다.

지금은 없는 것.
떠나간 재즈맨이 남긴 재즈.
다들 젊고, 너무나 순수했다.
다들 차례차례 떠나갔다. 너무 많은 것을
한 번에 다 말하려다가.

아무렇지도 않은 것.
아무렇지도 않은 고독. 아무렇지도 않은 지속.
느긋한 것. 느긋함을 유지하는 것.
그리고 자기 자신과 말을 주고받는 것.
한 사람의 인간 안에는, 모든 인간이 있다.

흔한 것.
파도가 물러가는 물가.
멀리서 가까이서, 새들의 울음소리.
무엇 하나, 숨겨져 있지 않다.
바다에 비치는 빛이, 축복 같다.

없어서는 안 되는 것.
아무것도 아닌 것. 태연한 것.
소소한 것. 잃고 싶지 않은 것.
남모르는 것. 지금은 없는 것.
아무렇지도 않은 것. 흔한 것.

가장 평범한 것.

평범함을 두려워해선 안 된다.

나(우리)의 명예는, 평범한 시대의 명예다.

내일 아침, 나팔은 울리지 않는다.

심호흡을 하라. 하루가 또, 조용히 시작된다.

시가 뭐라고 생각하니?

알람alarm이라는 영어는
이탈리아어 all'arme
(무기를 들어라)에서 왔다고
사전에 나와 있지만,
새벽에 눈을 뜨는 데
날마다 필요한 것은
알람(무기를 들어라)이 아니다.
눈을 뜨는 데
필요한 것은, 시다.
얼굴을 씻고 이를 닦는 데
필요한 것도, 시다.
창을 열고 하늘의 색을 아는 데도
필요한 것은, 시다.
하루를 시작하는 데 필요한 것은,
아침의 커피 향과 시다.
생각해보면, 나이를 먹으면서

사람에게 필요한 건 두 가지,
걷는 것, 그리고 시다.
모퉁이를 돈다. 작은 다리를 건넌다.
아름다운 등대꽃의
생울타리가 쭉 이어진 오솔길을 빠져나가니,
양골담초 덤불숲이 나타난다.
빛과, 물과, 바람과, 그림자처럼
저편으로 날아가는 새들과 함께.
인생에 목표 같은 건 없다.
"돌아 돌아 겨우겨우 도착해도
보면 또 그 마을이다.
다른 곳으로 가는 꿈은 버려라."
백 년 전 그리스 시인의 충고를 떠올린다.
필요한 건, 그러니까, 시다.
넌, 시가 뭐라고 생각하니?

시를 쓰는 것은,
그 사람이 누구든,
당신이라고밖에 말할 수 없는,
인생의 특별한 한 사람에게,
나의 말을 건네는 것이다.

인생의 특별한 한 사람에게

당신에 대해서는 지금도 잘 알지 못한다. 대학 때 같은 강의를 들은 적은 있지만 대화를 나눈 적은 없고, 조용한 남자였다는 기억이 조금 남아 있을 뿐, 얼굴도 잘 떠오르지 않는다.

내가 모르는 한자를 쓰는 고풍스러운 성을 가졌기 때문에 그의 이름은 바로 외웠고, 고향이 규슈라고 들었던 기억은 나지만, 정확하지는 않다. 동창이었지만 서로 잘 알지 못했고, 졸업 후의 소식도 몰랐다.

당신은 나에게, '당신'이라는 이인칭이라기보다 오히려 '그'라는 삼인칭이 어울리는 존재였다고 생각한다.

그런 '그'가 '당신'이라는 존재로 변한 것은, 대학 내의 같은 장소에 있었던 때로부터 35년쯤 지난 어느 날, 한 통의 편지를 받고 나서부터다. 하얀 봉투 뒷면에는, 그 고풍스러운 성 때문에 겨우 생각이 난 그의 이름 하나가 덩그러니 쓰여 있었다.

그에게 편지를 받은 건 그때가 처음으로, 봉투에는 나쓰메 소세키가 그려진 천 엔짜리 지폐 두 장이 들어 있었다. 짧은 문장이 쓰여 있는 편지지가 한 장 들어 있었는데, 너는 나를 이제 기억하지 못할지도 모르지만, 이라고 시작되는 글은 생각지도 못한 것이었다.

언제부터인가 그는 내 책이 신간으로 나오면 꼭 동네 책방에서 사서 읽게 되었다고 한다. 그런데 지금은 병으로 쓰러져 살날이 얼마 남지 않았다, 그래서 시집이 새로 나온 것을 신문에서 보았지만 책방에 갈 수가 없다, 그 대신 소세키의 천 엔짜리 지폐 두 장을 보낸다, 라는 내용이 편지지에, 흘려 쓴 메모처럼 무뚝뚝하게 쓰여 있었다.

주소도 병원 이름도 없고, 우체국 소인으로 도호쿠의 어느 해안가 마을이란 건 알았지만, 왜 그 마을에 있는지 짐작도 가지 않았다. 그가 여행지의 그 이름 모를 동네 병원에서 그 후로 반년쯤 지나 홀로 세상을 떠났다는 것, 그리고 가족 없이 평생을 지냈다는 것 등을 풍문으로 알게 된 것은 시간이 훌쩍 흐른 뒤였다.

그가 보낸 첫 번째 편지는 마지막 편지가 되었다.

말을 한 적도 없다. 친하게 지낸 적도 없다. 아무것도 아는 게 없다. 그런데도 당신이 내 안에 남기고 간 것은, 인생의 특별한 한 사람에 대한 기억이다. 시를 쓰는 것은, 그 사람이 누구든, 당신이라고밖에 말할 수 없는, 인생의 특별한 한 사람에게, 나의 말을 건네는 것이다.

—— 아사히 신문 2005년 7월 9일

옮긴이 후기

몇 년 전 우연히 접한《심호흡의 필요》라는 시집으로 '오사다 히로시'라는 시인을 처음 알게 되었습니다.《심호흡의 필요》는 30년도 더 전에 나온 시집이지만, 지금 우리들에게도 큰 울림을 줄 수 있겠다는 생각에 작년에 출간하게 되었고, 많은 분들에게 사랑을 받은 덕분에 이번에 그의 시를 모은 선집《세상은 아름답다고》를 내게 되었습니다.

선집에 수록된 작품은《세상은 아름답다고》,《하루의 마지막 시집》,《사람은 오래전에 나무였다》,《시라는 나무 아래서》,《침묵하는 말》,《마음속에 담긴 문제》,《사자의 선물》,《세상은 한 권의 책》,《기적-미러클》,《아무도 몰랐다》,《마지막 시집》 등 11개의 시집에서 70편의 시를 고르고, 유고 수필집《유년의 색, 인생의 색》에서 짧은 수필 한 편을 뽑아 총 4부로 엮었습니다. 그리고 저자 후기들 중에서 인상적인 문장들을 뽑아, 각 부가 시작되기 전에 실었습니다. 짧은 문장들이지만, 시와 삶에 대한 오사다의 생각을 엿볼 수 있습니다.

오사다 히로시는 1939년 후쿠시마 시에서 태어났습니다. 와세다 대학 독문과를 졸업하고, 1965년 첫 시집《우리 신선한 나그네》로 문단에 데뷔한 후, 2013년《기적-미러클》까지 약 50년 동안 18권의 시집을 발표했습니다. 미요시 다쓰지 상, 길가의 돌 문학상, 마이니치 예술상, 구와바라 다케오 학예상 등 여러 문학상을 수상했고,《심호흡의 필요》등의 스테디셀러로 지금까지도 많은 독자들의 사랑을 받고 있습니다. 또한 아동문학, 번역, 에세이, 평론 등 다양한 분야에서 활발히 활동하며 많은 저작을 남겼습니다.

오사다는 평범한 하루하루의 일상을 사랑한 시인이었습니다. 계절이 지나가는 모습을 사랑하고, 사람과의 인연을 소중히 여기며, 말을 주의 깊게 쓰려고 했습니다. 그의 글이 오랜 시간이 흘러도 변함없는 사랑을 받고 있는 것은 그런 평범한 일상을 소재로, 깊이 있는 성찰을 친숙한 언어로 표현했기 때문입니다.

오사다가 평생 시를 통해 사람들에게 이야기하려고 했던 변함없는 주제는 일상의 소중함이었습니다. 2015년 암으로 작고하기 전날, 마이니치 신문과 마지막 인터뷰를 하면서 남긴 말도 바로, 일상에 대한 사랑, '일상애'에 대한 것이었습니다.

"아침에 창문을 열면, 바람 부는 소리, 누군가의 말소리, 신문 배달 소리……, 그런 일상들이 들려옵니다."

"일상애란 생활양식에 대한 애착입니다. 소중한 일상을 무너뜨린 전쟁이나 재난을 겪고 나면, 사람들은 잃어버린 일상을 깨닫습니다. 평화란 일상을 되찾는 것입니다."

그리고 그런 일상애를 갖고 살아가는 데 가장 중요한 것은 '주변을 찬찬히 바라보는 눈'과 '들리지 않는 소리를 듣는 귀'라고 생각했습니다. 동네 골목길, 길가의 꽃들, 숲속의 나무, 바닷가의 조개껍데기, 밤하늘의 별들, 책상 위의 잡동사니……. 평범하고 소소하기에 쉽게 지나쳐버리는 것들이지만, 삶을 즐긴다는 건 그런 것들을 찬찬히 바라보며 귀를 기울이는 것이라고 말했습니다.

즐긴다는 것은, 침묵에 귀를 기울이는 것이다.
나무들 위의 햇빛.
새의 그림자.
꽃을 둘러싼 한낮의 고요함.

——〈조용한 하루〉 중에서

또 그의 시에는 예를 들면, 사라진 동네 책방이나 함께 지내던 고양이들, 또는 지금은 곁에 없지만 늘 마음속 어딘가에 남아 있는 사람들 같은, 이미 사라지고 없는 것들이 많이 등장합니다. 그런 잃어버린 것들, 떠나간 것들에 대한 연민과 기억은, 일상애와 더불어 오사다에게 가장 중요한 시적 주제였습니다. 그에게 시의 본질은 연민에 있으며, 연민이란 잃어버린 것들에 대한 사랑이기 때문입니다. 일상의 소중한 것들은 잃어버리고 나서야 비로소 그 소중함을 알게 됩니다. 그 잃어버린 것들에 대한 사랑과 애틋함을 언어로 표현하는 것이 바로 시가 하는 일이라고 오사다는 생각했습니다.

> "순간도, 영원도, 과거도 아닌, 하루가, 사람의 인생을 새기는 가장 소중한 시간의 단위다."

오사다의 시를 읽고 번역하는 동안 내내 이 말이 마음을 울렸습니다. 하루하루가 쌓여 삶이 된다는 것, 그렇기에 하루의 일상을 소중히 가꾸어가는 게 얼마나 중요한지를 깨달았습니다. 매일 당연하게만 느껴졌던 것들이 당연한 게 아니라는 것, 그리고 그 당연한 것들이 정말 소중하다는 것을 알게 되었습니다. 무심코 지나쳤던 내 주변을 새로운 눈으로 바라보게 되었습니다. 그리고 내가 사랑하고, 또 사랑해야 할 것들이 무엇인지 생각했습니다.

정신없이 달려가는 삶 속에서 잠깐 멈춰 서서 가만히 보고 들어야 한다, 이것이 오사다 히로시가 사람들에게 전하려고 했던 것입니다. 그의 시를 통해, 무심코 스쳐 지나갔던 것들을 바라보고, 말하지 않는 것들에 귀 기울이게 되기를, 그리고 아름다운 것들을 아름답다고 말하며, 일상을 사랑할 수 있게 되기를 바랍니다.

끝으로 이 자리를 빌려, 이번 선집을 출간할 수 있도록 많은 도움을 주신 미스즈쇼보 출판사와 기모토 사야 님, 그리고 오사다 히로시의 유족들께 진심으로 감사의 말을 전합니다.

옮긴이 박성민

도쿄외국어대학교 대학원에서 일본어학을 전공하고, 통번역사로 일하고 있다. 번역서로 《심호흡의 필요》, 《책은 시작이다》, 《꽃을 묻다》, 《봄은 깊어》, 《나쓰메 소세키-인생의 이야기》 등이 있다.

세상은 아름답다고

2022년 11월 10일 2쇄

지은이　오사다 히로시
펴낸곳　시와서 출판
발행인　송승현

출판등록　2016. 12. 6.
주소　경기도 파주시 책향기로 183, 1507-506
이메일　siwaseo@gmail.com
인스타그램　www.instagram.com/siwaseo
블로그　blog.naver.com/siwaseo

ISBN | 979-11-959922-9-4